各位親愛的鼠迷朋友，
歡迎來到老鼠世界！

謝利連摩·史提頓！

Geronimo Stilton

Geronimo Stilton
老鼠記者漫畫 ❶

妙鼠城臭味之謎

故事：伊麗莎白·達米　　　繪圖：湯姆·安祖柏格

上色：科里·巴爾巴

新雅文化事業有限公司
www.sunya.com.hk

目錄

第一章

到底是變質的乳酪、臭襪子,還是⋯⋯

貓尿?

啊!這天早晨,真是

霧氣濛濛

啊!

噢……我忘了先做自我介紹！我叫**史提頓**……

謝利連摩·史提頓！

我經營着妙鼠城裏最暢銷的報章——

《**鼠民公報**》！

而我同時也是一位作家，正在寫一部小說。這部小說的名稱是……

噢，臭氣沖天啊！

臭氣
沖天

謝利連摩·
史提頓 著

不，那不是
我小說的名稱！
我這樣說
是因為⋯⋯

出面傳來了一陣非常

難聞的氣味！

連我的鼠鬚也被這股惡臭
熏得捲起來了！！！

這股噁心的氣味就像是

變質了的 古岡左拉乳酪*

臭味。

*古岡左拉乳酪是來自意大利的一種藍乳酪。

這陣氣味
比較像
臭
襪子。

不！
應該是
貓咪
的尿！

臭香蕉皮！

真臭啊！

變壞了的
牛奶味！

外星
臭鼬鼠！

吃剩的
三文魚！

放了一個月的
火雞三明治！

發霉
的肉！

尿片
怪獸！

唯一大家都同意的是……

只有一隻老鼠喜歡這氣味……

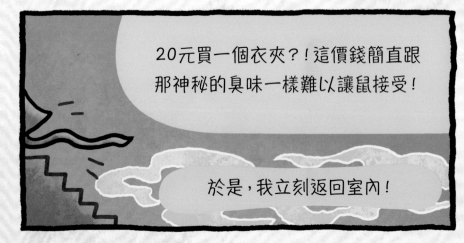

20元買一個衣夾？！這價錢簡直跟
那神秘的臭味一樣難以讓鼠接受！

於是，我立刻返回室內！

第二天，那股臭味變得更臭了！

到了後天⋯⋯惡臭的情況
更加厲害了！

第二章

奇怪！
非常奇怪！

我整個星期都留在家裏，
希望那股

惡臭

會消散，但是……

城中的
惡臭侵襲
急劇
惡化！

這真是荒謬至極！ 我付了 50大元買下它！有了它，至少我可以外出，在妙鼠城四周走走⋯⋯

起初，我看見四處有許多「出售」的廣告牌。然而，越走近市中心的時候⋯⋯

17

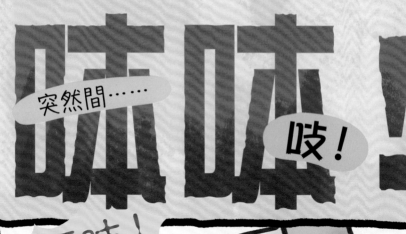

第三章

獨自一人！

又一個星期過去了……那股**惡臭**仍然存在！
我認識的所有鼠都已經離開了妙鼠城！

我在網上與他們保持聯絡。

菲

嗨，哥哥！巴黎的空氣清新多了！遲些見！

班哲文

唏，啫喱叔叔！我和麗萍姑媽去爬山，看到了瀑布，然後 ➡

我都給他們按了鼠讚！

賴皮

嗨，表哥！你的腳太臭了，所以我唯有逃離妙鼠城！

我 **刪除** 了這個信息！

與此同時，我讓《**鼠民公報**》的所有員工休假。

因為 **妙鼠城** 的鼠民全都離開了，根本沒有鼠要讀報紙！

我也開始有離開的念頭了。
這不單因為我感到很 孤單，
而是那股 惡臭 已侵擾了我的辦公室！

我甚至連打字都感到困難，因為
我忙於用手捏着 鼻子！

第四章

噢⋯⋯嗯⋯⋯
肯定沒事的

這天晚上，我走路回家，沿路欣賞着妙鼠城 **美麗** 的景色，但這可能是我最後一次欣賞了！

雖然這個城市很**美麗**，但四周卻充斥着**惡臭**！

以一千塊莫澤雷勒乳酪的名義發誓！

等一等！停下來！
我在做什麼？

嘎吱

我在躲避什麼？
樹嗎？我要控制
一下自己！

我試着冷靜下來，想着
自己所寫的小說……

我剛才有告訴你嗎？
書名是：

逃離
香蕉樹的
追捕！！！

26

第五章

被樹所困？

由於太驚嚇的關係，我居然跑過了自己的房子！

我的房子

暗巷

我跑進了
一條
暗巷……

還要是一條
死胡同！

真的難以置信，我居然被一棵樹圍困！

事實上……我**不相信**這是真的。

首先……妙鼠城是沒有香蕉樹的！就算有香蕉樹，它們都不會說話……

噓噓！謝利連摩！

你喜歡我這身裝扮嗎？

咕吱吱！原來是我的老朋友——

史奎克・愛管閒事鼠！

這滑稽的**鬍子**，我不會認錯的！

我騙到你了，對吧？謝利連摩我的小老弟！

我開始走路回家。
當然，愛管閒事鼠跟着我！

什麼？你在說誰啊？

我指的是所有被迫離開
妙鼠城的鼠民啊！

你的朋友、你的家
鼠、你報館的員工，
還有⋯⋯你美麗的
妹妹，菲！

如果我們不去徹底清除
臭味源頭，
他們所有鼠都
不能回家啊！

就在這時,我的電話震動了……

班哲文

山區生活真的很棒啊!不過,我很想回到妙鼠城!我很想念你啊,叔叔!

好吧,我陪你去調查吧!!

我可以幫助你，
以及我的朋友，
以及拯救妙鼠城！

這肯定可以成為轟動的

鼠民公報
頭條新聞，

報館便可以恢復正常運作，
然後……

等一下，謝利連摩
我的小老弟！
我們要先去破解
這個謎團。不如
去我的辦公室商
討計劃吧。

第六章

整潔的
辦公室

史奎克的辦公室是位於兩座**摩天大樓**之間的**航髒舊樓**。

你先行，
謝利連摩我
的小老弟！

37

首先，
我的名字是
史提頓！
謝利連摩·
史提頓！

第二，你毀了我的
新領帶！

紅色茄汁濺在紅色領帶
上，沒有鼠會留意到的。

喔，謝利連摩
我的小老弟
你真的一點都沒有
變啊！你還是一隻
那麼挑剔的老鼠！

我把眼鏡抹乾淨，
然後看清楚四周……

這情況比
變壞了的乳清乳酪
更糟糕！！！

這裏是個 垃圾堆！
這裏是個 災難！

整個辦公室都是 跳蚤！

第七章

不了，謝謝！

想要一杯香蕉蒜蓉奶昔嗎？

什麼？

第八章

3 小時後

過了三小時，當史奎克再喝了兩杯奶昔，
以及被跳蚤咬了347口之後……

找到了！

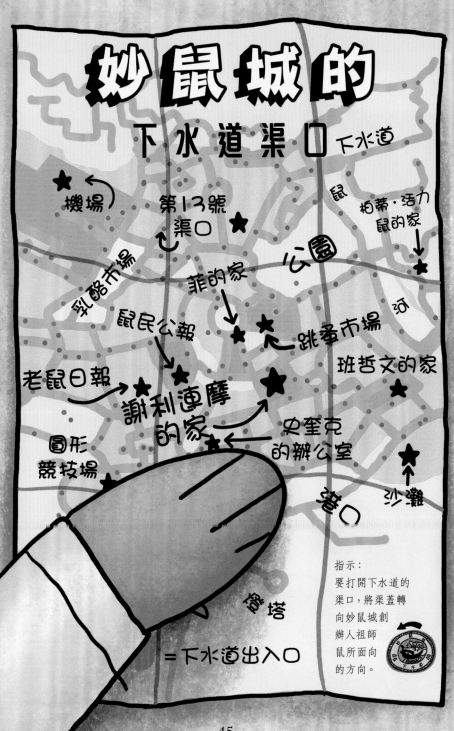

45

這地圖到底有什麼用？

我有預感，其中一個渠口會帶領我們找到臭味的源頭！

但是……這些渠口只會帶我們走進 **下水道！**

沒錯！走吧！

接下來的七個小時，史奎克和我逐一
檢查了每一個渠口，直至剩下最後一個
——第13號渠口！

第九章

20磅的
香蕉！

史奎克有一件事是說對的，在出發冒險之前，
我們一定要帶上齊全的裝備！

我的背包裏有……

樽裝水

電筒和
電池

健康小食

記者的裝備

急救藥包

一條繩子

這是我的背包……

這是史奎克
的背包！

以一千塊
莫澤雷勒乳酪*
的名義發誓！你到底帶
了些什麼東西？

*莫澤雷勒乳酪：一種鬆軟的意大利
乳酪，以水牛乳製成的。

只有那些我必須
用得上的東西！
看到吧？

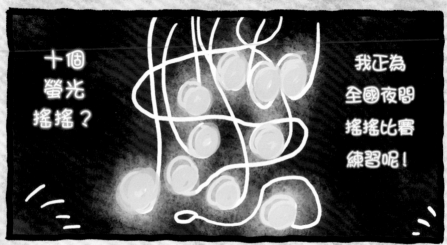

第十章

第二名

終於，史奎克收拾好行裝了，
於是我們回到第13號渠口……

由你來先開始吧！

好啊，
謝謝！

史奎克並不知道……由於我很討厭賴皮總是
說我是個文弱書生，所以我之前一直有健身！

雖然我
未必是隻
筋肉老鼠，
但是肯定拿得
起渠蓋的！

一磅

一安士

我放棄了！

真可惜啊，
謝利連摩！
你應該用<u>腦袋</u>啊，
而不是用肌肉！

什麼?!?

下次記得先閱
讀指示！

指示：
要打開下水道
的渠口，將渠蓋
轉向妙鼠城創
辦人祖師鼠所
面向的方向。

就在地圖上的
這個位置！

渠蓋就會打開！我勝出了比賽！
你得第二名了。

好了,你首先幫忙拿着渠蓋,然後我幫你背上你的獎品。

站在**惡臭的源頭**,身上背着**非常沉重**的背包,我以為這已經是最糟糕的情況了!

然後……
我看見渠口裏有一雙**眼睛!!!**

謝利連摩,
你真是笨手笨腳。
幸好,我帶了急救箱!

第十一章

幸運

數字 13

噢，看來這背包真的有點重。公平一點，我拿出一根香蕉吧。

當然我一點都<u>不想</u>進去……但是我想到這是
唯一能幫助我的朋友的方法，所以……

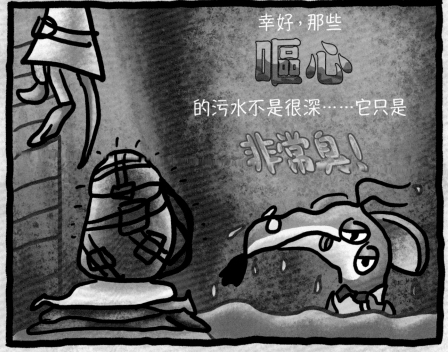

史奎克反轉了地圖。在它的另一面，原來是下水道的
管道地圖。這些管道長達數十公里！！！

那麼……這總共就是……右轉四次、左轉兩次，然後Z形地走過隔油閘，轉個彎，在分岔路口右轉，然後左轉到輔助排水渠#37，左轉，再右轉就到了！易如反掌！

有什麼**生物**會在如此**深**的**下水道**
涉水四處走？我一點都<u>不想</u>知道！

第十三章

平常那些東西

你們這些從地面來的……

預備好拜見……

下水道的統治者吧！

第十四章

下水道
巨鼠女主

一隻鼠拿着長矛威逼我們走到
下水道的深處……直至……

你們預備好要拜見下水道女王了嗎？

什麼？你是指夏·瑞道？

夏·瑞道？哈哈哈哈！傻老鼠！我們全部都是「夏·瑞道」！明白嗎？西格德弗公司？下水道巨鼠？

我們的女王是……

當我們走近女王的寶座時,我發現那寶座原來是由垃圾做成的!連女王那身衣服也是利用垃圾製成的!

彎曲的叉

錫紙戒指

糖果包裝紙

玻璃瓶的底部

立體聲喇叭

蒼蠅

木材

汽車輪胎

……噢……

肅靜!
我們還沒唱歌前,誰也不可以說話!

下水道
之歌

越來越多下水道巨鼠從四面八方的陰暗處走過來！
他們許多都帶着樂器……

所有老鼠都要站起來，
一起唱下水道的國歌！

♪ 下水道很深！♪

♪ 奇臭無比！♪

♪ 願世界黑暗，黑暗萬歲！♪

跳吧跳吧，大家都愛跳舞！

唱完下水道的國歌之後，那些下水道巨鼠全部都在微笑。所以，我以為一切還好，但是……

現在……
我們要處理那些
間諜！

間諜？我們嗎？
我們不是間諜啊！！

那麼,你們是誰?

我的名字是**史提頓**……

謝利連摩·史提頓!

我是經營《**鼠民公報**》的。

我的朋友是**史奎克·愛管閒事鼠**,是一位著名的偵探!

見笑了。

一個偵探,另一個記者?你們似乎真的是……

間諜!

我很害怕！我很驚慌！我嚇呆了，很怕會被這些憤怒的下水道鼠捉拿！

他立刻拿出唱片播放機和黑膠碟⋯⋯

然後把一根電線插進寶座的喇叭！

快跳舞吧，大家都愛跳舞！

音樂一直
播放着……
包括：的士高、
森巴舞曲、
嘻哈音樂、
波爾卡舞曲！

最後，
當最後一首樂曲
播放完了……

女王陛下，可以與
你共舞實在是我的
榮幸……

雖然你很臭。

我也很高興可以與你共舞，
雖然<u>你也很臭</u>！

守衛！
快給他
噴香水！

鹹魚味香水

臭蛋味
香水

臭襪子味
香水

那麼我就叫你做……
小克！

是的……我很喜歡你，小克！所以，我不會將你收監……

我要……

與你結婚！

第十七章

最高議會

聽罷，史奎克頓時嚇得面如死灰！
他尖叫！他哀號！他吞聲飲泣！

謝利連摩，我不能跟她結婚啊！她很美麗，但……

你知道我只愛一隻老鼠……菲！

噓噓噓噓！！！

要是女王聽見你的話，我們就會被收監了！

下水道監獄！

幸好，下水道女王並沒有聽見史奎克的話，
因為她正在忙着跟一班**可怕**的下水道巨鼠開會！

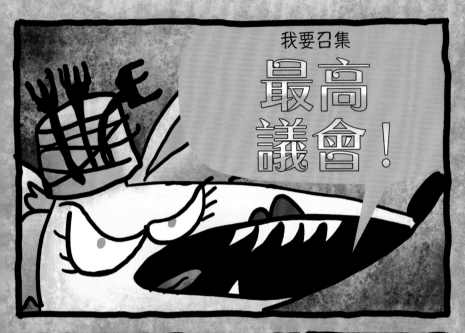

最高議會的眾議員！
皇室計劃即將進入最後階段！

萬歲
萬歲
萬萬
萬歲！

你們都記得皇室計劃
的五個步驟，對嗎？

噢⋯⋯讓我
想想⋯⋯

墨西哥
夾餅？

嗯⋯⋯

有關
氣球的
事情？

免費
擁抱？

全部都錯！！

現在，我再說一遍，你們都給我仔細聽清楚

第一步：

把那些氣球注滿了下水道超強的臭氣。

發酵了的生菜

發霉的蒜頭

燒焦的爆谷

濕淋淋的老鼠毛髮

臭雞蛋

溶解的尿片

污水渠青苔

第二步：

在第13號渠口，把這些臭氣釋放到妙鼠城。

第三步：

為了遠離臭氣，
地面的老鼠
都會一個接一個地
出售自己的房子，
然後搬離城市。

第四步：

我們就用
假鈔票來收購
他們那些
空置的房子！

第五步！！！

找一隻老鼠成為我的國王！
佔領妙鼠城！
佔領老鼠島！
征服……

整個世界！！！

下水道臭國
萬歲！

你喜歡我的計劃嗎？
親愛的小克？

小克？

小克？

史奎克沒有聽見她的話，
因為他正在講電話。

哈囉？菲？
你要來救救——

什麼？噢，是我啊，史
奎克！求求你，你真的
要拯救我們——

我是史奎克·愛管閒事
鼠——你哥哥的朋友！
我知道他
笨手笨腳
的！

但聽着——

求求你，菲，你真的
要救救我們——
什麼？好的，
我會等，我不
會掛線。

第十八章

更大的
疑問

咕吱吱！我們跟外界聯絡的最後通訊中斷了！
還會有比這更糟的事情嗎？（有。）

現在我們投票！
最高議會的眾議員，
你們是否贊成讓
史奎克成為我的丈夫，
以及你們的新

國王？

我們一致贊成！

但我們有一個

更大的

疑問。

我們哪一個可以嫁給另外那隻老鼠？

第十九章

歡迎來到 下水道巨鼠城！

女王下令議會立刻籌備，

準備在皇殿裏舉行**皇室婚禮！**

在他們忙着準備之時，
讓我帶你參觀一下
你的新家，
也就是我的王國——

下水道 巨鼠城！

117

由於下水道巨鼠城裏只有排水渠道，沒有道路，所以我們可以乘坐*貢多拉船。史提頓，由你來划船！

我嗎？

※貢多拉：這是意大利威尼斯的傳統水上交通工具，船的底部平坦，船身漆上黑色，由一名船夫站在船尾划動。

但……
但……
我會暈船！

謝利連摩！別再埋怨了，要留心四處看看，看看哪裏可以逃走！

118

這裏有水上回收市場！我們優秀的工作鼠可以用舊罐頭和膠樽做出任何東西！

一個水樽變成了花瓶！

由膠袋編織而成的布料！

皇室婚禮大日子

舊電視和舊電腦都升級了！

還有我們的發電機，會將下水道的氣體變成免費的電力！

我們也不只有工作！
我們都喜歡體育運動……

用棉絮造的球

洗衣籃

籃球

騎蟑螂

喲呵！

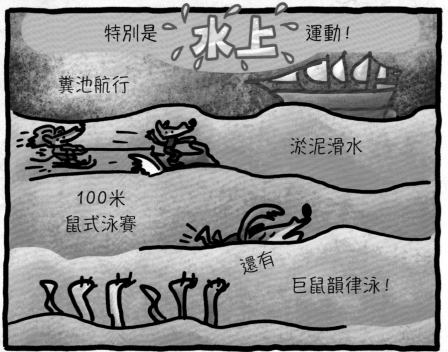

特別是 水上 運動！

糞池航行

淤泥滑水

100米
鼠式泳賽

還有

巨鼠韻律泳！

我們甚至還有飛機！這些都是你們丟掉的垃圾，但是我們維修好了！你們知道我有飛機師牌照嗎？

她說得對！我們丟棄太多東西了！

噓！謝利連摩！快看看那些指示牌！

渠口#27-300

渠口#13-27

渠口#1-12

我們的出路啊！

淤泥瀑布

第二十章

蝙蝠！

蟲子！

蛞蝓！

史奎克終於找到出口，但我們卻找不到逃走的機會。我們剛剛到達：

下水道巨鼠大皇宮！！！

123

進去吧!

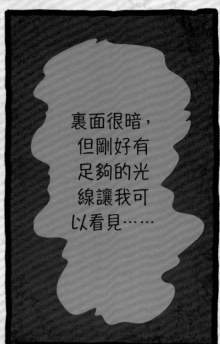

裏面很暗,但剛好有足夠的光線讓我可以看見……

蝙蝠!

蛞蝓!

蟲子!

快跟我的寵物
打招呼吧,
蝙蝠皮皮,
蛞蝓三世和
布魯茲!

布魯茲是個
冠軍選手呢!
看看他的
金牌!

下水道巨鼠城
最佳
表現獎
蟑螂表演

第二十一章

來自妙鼠城的消息

女王帶着我們走過一個又一個放滿了破爛傢俬和回收廢物的房間。其實這個地下城也有其獨特的魅力。然後，有一隻老鼠跑進來……

女王陛下！我有來自地面的重要消息！

等一等，長爪總理。

物業的談判都完成了！
如今我們已差不多擁有
妙鼠城的所有物業，
就只剩下兩幢。

做得好，芭芭拉！
告訴我，
餘下的兩幢是誰的？

讓我看看……
他們名叫史提頓
和史奎克。

沒問題！
今晚婚宴後，這兩幢
也會屬於我們的！

史提頓

史奎克

第二十二章

皇室的
美容秘密

女王拍拍手，一大羣地下巨鼠隨即湧出來，把我們捉住。我以為他們要狠狠地揍我們，但原來他們只是要給我們打扮，準備參加婚禮！

髮型師用滑溽溽的洗頭水幫我們洗頭。

另一隻老鼠則在我們的臉上塗上了泥漿面膜，但泥漿裏滿是蟲蟲！

然後，他們為我們噴上女王的特製香水：過期的！

那原來是已經變酸、變臭的奶！

接着，女王便去換婚紗了。

兩位，別走開啊……我很快回來。

這是逃走的時機嗎？

當我叫你們別走開，我的意思就是

不要走開！！

布魯茲，替我看着他們！

我們沒有走開啊！

133

新娘來了

我們並沒有走開。我們在那裏呆呆地坐着，等了一小時，期間布魯茲則不時對着我們咆哮。然後，有一隊樂隊開始奏樂。

新娘

來了,她身穿雙層
廁紙的婚紗,而她
頭上戴着一頂用
叉子做成的皇冠,
叉子上還有一些
變壞了的壽司!

古老的飛香蕉絕技

女王命令我們坐上皇家馬車。

四個不一樣的拖拉車輪胎

史奎克和我坐上了馬車，女王則向歡呼的
下水道巨鼠民眾發表演說。

今晚……將會舉行
兩個婚禮！

太好了！　嘩哈！

明天……我們
將會統治地上
的世界！

萬歲！！

第二十五章
顛簸的旅程

史奎克驅車向着皇宮下的
大垃圾堆直衝去!

史奎克!
你忘了轉彎啊!

噓!
你聽聽!

這個鋼琴連接着車輪！

所以，我們走得越快，樂曲也越奏越快！

它在彈奏莫鼠特的第四奏鳴曲！很美好啊，對吧？

啊，不要啊！

別誤會我的意思……我跟妙鼠城所有老鼠一樣，都很喜歡莫鼠特的音樂。

但是，樂曲彈奏得**太快**了！

這車程**太顛簸**了！

我們也**太接近**山崖邊了！

快踏剎車制！

別傻了，謝利連摩！蟑螂哪裏來剎車制！

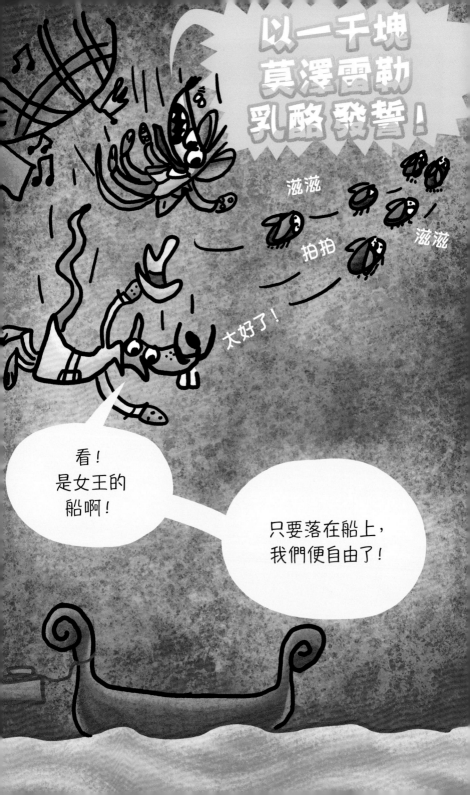

第二十六章

黑暗，潮濕，又危險

急流將我們的船扯進管道裏！這些管道就像迷宮！這些管道又狹窄又黑暗，我也無法知道裏面的情況！

糟了！這裏漆黑一片，
而我們卻把電筒留在
皇殿的背包裏！

我還留下了
我的泰迪熊！！

嗚嗚

第二十七章

這很 好玩，對吧？

我們沿着排水道轉來轉去，反轉再反轉，
直至我們和污水被噴出來，在一個

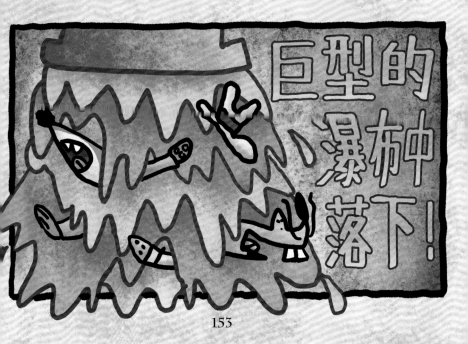

巨型的小漩渦落下！

153

我們剛好跌進了下水道巨鼠的水上
活動潟湖！

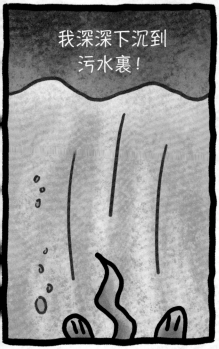

我

繼續

下沉……

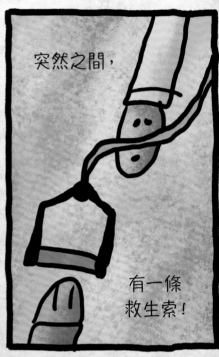

突然之間，

有一條
救生索！

原來，

是史奎克！

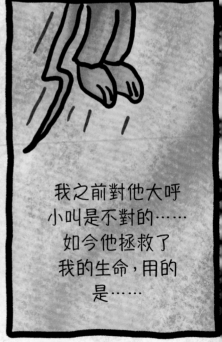

我之前對他大呼
小叫是不對的……
如今他拯救了
我的生命，用的
是……

什麼？我的腳掌一點也不大！
只是比一般老鼠稍為大一點而已，
但肯定不是大！
恕我直言，
事實上你的腳掌比我的還要大。
而且，
就算我的腳掌真的很大，
你也沒必要將此事大聲
宣揚！

第二十八章

看👀看你後面！

當我開始用我那雙正常大小的腳站起來，我就能夠滑水了……嗯，其實是

滑泥！

你開慢一點吧！

史奎克用力踩着油門，我們飛馳衝過潟湖！

當我看見前方的出口指示時，實在太  了！

然而，當我看着史奎克駛進了錯的隧道時，

我立刻感到很

第二十九章

歡迎再次回到

下水道巨鼠城！

我們穿過隧道後，直達下水道巨鼠城市中心⋯⋯
面前還有一個憤怒的下水道女王
和她的守衞，他們正熱切地等待着我們！

我的雙腳裹着一層黏糊糊的泥濘

在鼠行道上 滑行 ，直衝到⋯⋯

然後，我在鼠行道上看見另一樣更恐怖的生物阻擋着前路：

第三十章

就像
鬈髮島老鼠公園的
滑水特技表演！

布魯茲阻擋着全條鼠行道！
而我也停不下來！我只有……

*隨處擺放的薄餅盒子。

第三十一章

就如咬乳酪般輕易

我暈了嗎?曾失去了意識嗎?
我只記得醒來的時候,全身都是魚腥味的甜霜,
而史奎克則對着我大呼小叫!

謝利連摩!
沒時間吃甜品了!
我們要快點逃跑!

但我們要去哪裏？

要去下水道巨鼠城機場！

千萬別告訴我你打算駕駛飛機飛出去！
千萬別告訴我你打算駕駛飛機飛出去！
千萬別告訴我你打算駕駛飛機飛出去！
千萬別告訴我你打算駕駛飛機飛出去！

我打算駕駛飛機飛出去！

我有跟大家提過嗎？

A) 我很討厭坐飛機。

B) 我很討厭跟史奎克一起坐飛機。

C) 我很討厭跟史奎克坐下水道蝙蝠形的飛機！！！

第三十二章

飛機
不能穿過
渠口啊!

首先我們撞到天花板!
然後,我們向下俯衝,在泥濘瀉湖湖面上掠過!

我以為你說你會駕駛
這東西!!!!

我會啊!但需要有
點技巧,因為這裏
的控制桿都是用
循環再用的衣架
和舊多士爐做的!

我們從第13號渠口噴射了上來，
離開了下水道！

第三十三章

攻擊吧，
我的邪惡戰士！

下水道女王從渠口爬出來了，她的身後還有
一大班驍勇善戰的戰士跟着！
（還有波比。）

你忘了……
如今妙鼠城
是我的了!

這座城市是我的!很快
所有老鼠島上的一切
都會是我的!
但如今……

你們是我的!

攻擊吧,我的邪惡
戰士!

攻擊!

我有告訴過你們，
妙鼠城的日出有多美嗎？

太陽閃耀的光線溫柔地親吻這個城市，
這就是我的家。

由於我在黑暗的下水道逗留了很久，所以面對陽光也要眨一眨眼睛……

但下水道女王她……

啊啊啊啊！！
太陽
好刺眼！！

接着，只剩下一片寂靜……

……噢，還有半卷廁紙。

然後……

再見了，我親愛的小克！再見了！

嗚嗚

最後，什麼*都沒有了，只有寂靜。

*還有廁紙

第三十四章

浸了37次浴，又淋了58次浴

下水道女王離開了，
城市裏的惡臭也消退了！（差不多沒有了。）

很特別的一個晚上。
我拯救了城市，
卻也同時令女王
心碎了……

史奎克喝了幾杯香蕉蒜蓉奶昔之後，
便生龍活虎似的。我們全程投入
撰寫報章的特別號外！

嗒嗒
嗒嗒
嗒嗒
嗒嗒

《鼠民公報》

號外——免費派發

城市危機解除，鼠民可以安心回家了！

妙鼠城的
惡臭消退，
回復正常！

物業交易
取消！

西格德弗公司
使用假鈔

記者：
謝利連摩·史提頓
史奎克·愛管閒事鼠

參見第2頁

當然，大部分鼠民仍然在城外，所以我們把報導刊登在網頁上和社交媒體平台，例如**鼠書**和**吱特**，以及所有我們能想到的地方！

鼠照片

香氣陣陣

拍乳酪

吧！

然後，史奎克去了睡覺，我則浸了
三十七次浴和淋了五十八次浴……

咕嚕 •••••

#23

第三十五章

萬歲，萬歲，萬萬歲！

所有離開妙鼠城的鼠民讀過我們的
報導後，都回來了！

萬歲，萬歲，萬萬歲！

所有鼠民*都對我們很好！！！

啫喱，你做得太好了！

我們會造新的渠蓋，印上你們的樣子！

下次買衣夾，我會給你折扣！

節省2%！

表哥！聽說你終於洗腳了！

哈！哈！

*差不多所有鼠

但最棒的還是我的小姪子班哲文！

我有一個好主意！不如我們一起到《鼠民公報》辦公室，然後你們幫我寫一篇特別報導，關於循環再用的重要性！

嘩！

今次真的夢想成真了！

太厲害了！

我們會有跟你同款的背心嗎？

我也可以來嗎？

膠水樽要100至1,000年才能分解。

我們在拍照，展示如何循環再用廢紙！

市長，妙鼠城有什麼措施來防止老鼠隨處拋垃圾？

是摺紙！

今天真的很特別……看着年輕的鼠民，滿是衝勁和好奇心，令我對未來充滿盼望！

第三十六章
來自下水道巨鼠城的明信片

不久後，臭氣完全消退了，妙鼠城的生活也回復正常……

終於！我可以繼續創作小說……

很多桶的 香蕉 嘔吐物！

作者：謝利連摩·史提頓

不，那不是我小說的名字！！！這是史奎克邊跑進我辦公室邊大叫着的話！

字體很細的 條款

電話！

絕對永久*無限期*保養

*顧客可以免費到供應商更換電話，受以下條件約束：電話被裝扮成海盜、搏擊手、廚師、太空人或貓的貓咪破壞。

保養並不包括以下情況：電話被自作聰明的表親，用惡作劇、欺詐、古怪的方法、奇異的手段，或胡鬧行為破壞。

保養並不包括以下情況：在追雪怪、在詭秘的城堡中探險，在逃離犀牛追攻，在寫報章報導，在尋找紅寶石、綠寶石、鑽石、蛋白石或任何寶石時，電話被破壞。

保養並不包括以下情況：電話被一個邪惡的下水道女王踩爛，而這個女王有時還會有點討厭，因為他總是帶着香蕉、亂成一團，有跳蚤，又有很臭的奶昔；你最好的朋友有時還是一隻不錯的老鼠，而且還喜歡你的妹妹，所以他並不想跟下水道女王結婚。他還用你的電話來致電你妹妹，但下水道女王聽見了便在下水道裏一腳踩爛你的電話。

保養並不包括以下情況：還想嫁給你最好的朋友；你最好的朋友有時還是一隻不錯的老鼠，而且還喜歡你的妹妹，所以他並不想跟下水道女王結婚。他還用你的電話來致電你妹妹，但下水道女王聽見了便在下水道裏一腳踩爛你的電話。

保養並不包括以下情況：如果電話已經打開，打過電話、發過短訊、瀏覽過鼠書、玩過無聊遊戲更有乳酪或相關產品，或玩過無聊又浪費時間的遊戲。你沒有比玩這些無聊遊戲做更多嗎？好心你不如去看看書吧！你最近有沒有洗洗且後的位置？看你的房間多凌亂麼你不能將襪子放進洗衣籃裏？這要多久？五秒鐘？你居然可以花數個小時和跟朋友聊天，但都不願意花五秒鐘將襪子放進洗衣籃，然後令全屋都臭氣沖包括以下情況：我們說不包就不包。你想要維修嗎？那就付錢啊！而且你還要付一大筆錢才行！你認為這很不公平嗎？或許你覺一天

保養並不包括以下情況：如果電話已經打開，打過電話、發過短訊、瀏覽過鼠書、訂購過乳酪或相關產品，或玩過無聊又浪費時間的遊戲。你沒有比□□□□遊戲更有聊的事做嗎？好心你不如去看看書吧！你最近有沒有洗洗且後□□□□□□□□□□□□襪子放進洗衣籃裏？這要多久？五秒鐘吧？你□□□□□□□□□□□□□□□五秒鐘將襪子放進洗衣籃，然後令今□□□□□□□□□□□□□□□□□□□□□□□

電話被一個 邪惡的下水道 女王踩爛

保養並不包括□□□□□□□□□□□□□□□□□電話前就想清楚，你這蠢乳酪頭！□□□□□□□□□□□□□□□□這樣運作的！這一早已經印在你□□□□□□□□□□□□□□□險的！你們所有老鼠都是一樣的。算□□□□□□□□□□□□□□□□我覺得沒有問題。好了，我說到哪裏？對了□□□□□□□□□□後看見有許多建築物，後來發現原來是發夢。我慶幸□□□□□□□是想買椰子的，但他們居然沒有椰子，氣死我了，後來夢醒了，但我根本就不喜歡椰子！噢□□□□歡嗎？沒錯，椰子真的不行。我喜歡的是那種質感，但不喜歡那味道。

小朋友！

可以教他們做各樣花招！

你想要一隻像布魯茲那樣的 **寵物** 嗎？

可以為他們改名字！

機會來了！

實際大小

令你的朋友們羨慕你！

今天立即探訪下水道巨鼠城寵物店購買

蟑螂新手飼養包

只需$14.99！

內含：

* 一包蟑螂卵——保證孵化！
* 發霉麵包！
* 不新鮮的麵包！
* 麵包！
* 迷你名牌……你想怎樣稱呼你的新朋友？

快來買我吧！

我很想成為你的寵物！

198

平價廢物，節省金錢
你的惡作劇超市

我們的承諾：我們在表親身上全部試用過！
保證有效！

199

史奎克的
黑膠碟
唱片推介

四乳酪頭！

噢！鼠啊！

真經典

這就是
鼠樂！

妙鼠樂合集
#47

家鼠之歌

吱吱吱

吱吱不怕乳酪

貓 也只是戴着面具的老鼠

老鼠主打歌 ★ 乳酪球星

乳酪 情歌 深情一吻

搖鼠樂！ 破壞陷阱

波比唱歌：波比歌曲精選

安祖娜 和她的音樂鼻子 2小時的鼻子聲

老鼠記者漫畫 1
妙鼠城臭味之謎

作　　　者：謝利連摩‧史提頓(Geronimo Stilton)
故　　　事：伊麗莎白‧達米 (Elisabetta Dami)
繪　　　圖：湯姆‧安祖柏格 (Tom Angleberger)
譯　　　者：張碧嘉
責任編輯：胡頌茵
中文版封面設計：陳雅琳
中文版內文設計：劉蔚
出　　　版：新雅文化事業有限公司
　　　　　　香港英皇道499號北角工業大廈18樓
　　　　　　電話：(852) 2138 7998
　　　　　　傳真：(852) 2597 4003
　　　　　　網址：http://www.sunya.com.hk
　　　　　　電郵：marketing@sunya.com.hk
發　　　行：香港聯合書刊物流有限公司
　　　　　　香港新界大埔汀麗路36號中華商務印刷大廈3字樓
　　　　　　電話：(852) 2150 2100　傳真：(852) 2407 3062
　　　　　　電郵：info@suplogistics.com.hk
印　　　刷：C & C Offset Printing Co., Ltd.
　　　　　　香港新界大埔汀麗路36號
版　　　次：二○二○年七月初版

謝利連摩・史提頓

Geronimo Stilton

著名作家，妙鼠城裏最暢銷的《鼠民公報》總編輯。其幽默懸疑推理小說作品暢銷全球，並且屢獲國際殊榮，包括安徒生2000年度個性獎。他喜歡閱讀和寫作，平日喜歡跟家鼠和朋友享受溫馨的時光。

伊麗莎白·達米 (Elisabetta Dami)

伊麗莎白·達米出生於意大利米蘭，是一位出版商的女兒。她熱愛旅遊冒險，懂得駕駛小型飛機和跳降落傘，曾經攀登非洲的乞力馬扎羅山、遊歷尼泊爾，以及到非洲野生動物保護區跟各種野生動物作近距離接觸；性格活潑好動，曾經三次參加紐約市馬拉松賽事。不過，她始終認為書本創作是一場最偉大的冒險，因而創作了世界知名的謝利連摩·史提頓！

湯姆·安祖柏格 (Tom Angleberger)

著名作家及插畫家，曾經參與製作無數的漫畫兒童讀物，作品主題廣泛，涵蓋會說話的動物、植物，甚至會說話的紙——紙藝尤達大師。他和太太插畫家西西貝兒，定居在美國維珍尼亞州克里斯琴斯堡。

科里·巴爾巴 (Corey Barba)

住在美國洛杉磯的著名卡通動畫師、作家和音樂家，主要從事繪畫兒童漫畫。他小時候熱愛各種怪物、卡通動畫、布偶和瘋狂科學家。長大後，他從事兒童動畫創作，出版作品包括：《老鼠記者漫畫》和《海綿寶寶漫畫》，曾經為美國夢工廠動畫公司和美國《瘋狂雜誌》工作。